空うみのあいだ

篠原資明

思潮社

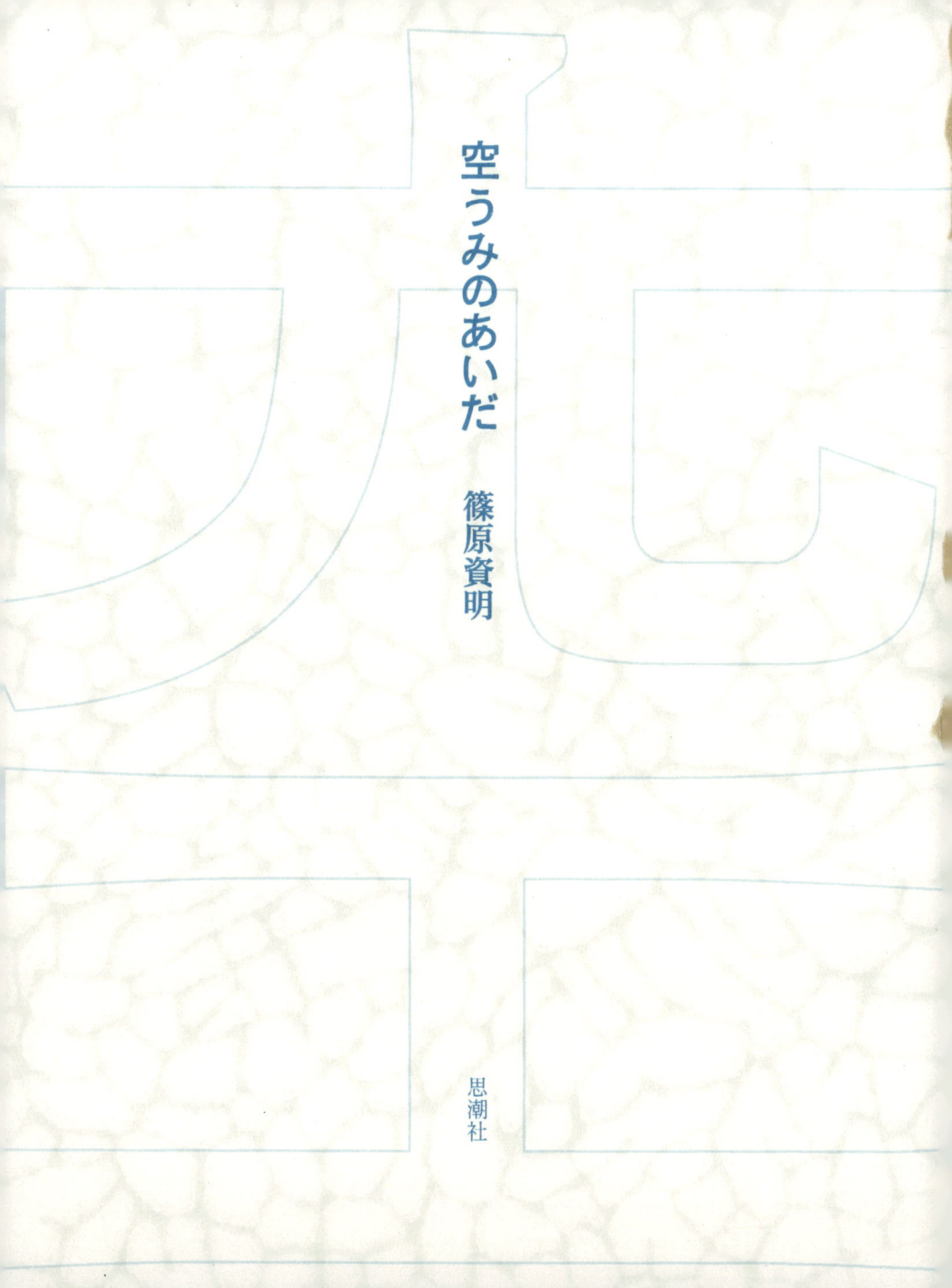

詩集

空うみのあいだ

篠原資明

思潮社

目次

装幀＝思潮社装幀室

空うみのあいだ

0

001

電影

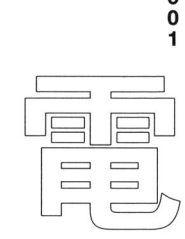

無常なる、身の奥へ、神鳴りぬ

空と海のあいだを稲妻が走った
この命もあっという間だ
神仏をどこに探すのか
心の奥にしかいないというのに

0

002

瀑布

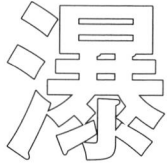

滝おちて、死のおもい、うちくだく

生きてきた
死にたいと思っては
生きてきた

数々の滝
しぶき燦々

0

003

空に涙

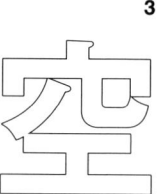

兜率より、ひかりなる、ひとしずく

落ちたところは満濃池
河原で少年がナマズとにらめっこしていた
しぶきはしるす
く　迂回
と

0

004

絵をかく少年

くちびるは、おもいでの、あかい壺

園児のころ
大きな赤い唇を描いた
絵の先生がほめてくれた
朝潮そっくりの先生だった

書く手は描く手をなつかしむ

005

女湯

母に連れていかれた銭湯で
担任の先生と出会った

はじらいは、おんな湯の、ゆげのなか

先生のぎこちない動作の意味がわかるのに
何年かかったか

0

006

エメラルドの滝壺

思い出は、みどりなす、滝壺に

いつも吸いこまれていく
長崎市立飽の浦小学校のころ
エメラルドのオブジェ
それがぼくの第二の河原だった

007

父の声

父の声、こだまして、なりやまず

中庭のまっ暗やみのトイレへと
ひとりで行けない子が父を呼ぶ
そのつど付き添ってくれた父
　　その父がさびしいと
　　　　子を呼んだ
最後に一度だけ呼んだのに

0

008 母の言葉

打つほどに、みだれとぶ、玉しぶき

受験前日
母が届けてくれた言葉
悔いがないようにがんばれと
その日はよいパチンコ台に当たっていた
ここで帰ると悔いがのこる
でもぼくは
母の言葉をとった

ぱちん　子

009

法然院の出会い

日のひかり、あ　ぽろんと、古都のこと

法然院の鐘の音を聞きながら
　　目ざめた日々
　哲学の道の女に
アポロンがほほえみ
新しい家族となった

0

010

子の奥の滝

ことばなき、こわばりに、いのち鳴る

言葉なき子よ
ちっちゃな手をはらいのけたとき
きみは激しく泣いた
それは心をあげての叫びだった

心なき父の肩に
きみは後ろから
そっと手を置いてくれた
見うしなった心が
そこにはあった

011

親不孝

ある日
姉から届いた言葉
母が倒れたと
数年ぶりに見た母は
言葉なく回復の望みなく
こちらを見ていた

親不孝、身をつたい、霜のふる

0

012

大

ナマズ

吉田山のふもとを去った
　京都を出た
大阪、東京転々
吉田山のふもとに戻った
琵琶湖畔から通う日々

星しずく、水底に、大ナマズ

0

013

乙訓寺の蕪村

初夏の乙訓寺で蕪村は寝こけていた
目ざめると頭に大きな花びらがあった
そんなアホなと燃える舌
絵　　　　　　　　　　んま

牡丹ちり、地獄おち、閻魔うつ

0

014

サイコロの悟空

書物へと、偶然の、しぶきたつ

西遊記とマラルメから
サイコロがころげだし
悟空が書いてくれた
方法詩のはじまり
犀　ころ

015

チ

ベットのマルクス宗

仏教徒、けちらして、狂信徒

漢民族の狂信者たちがダライ・ラマさまを追い出したらしい
あいつらはマルクス宗の信徒だとさ
なんだ、それ
ひげづらのじじいを拝むんだそうだ
ほら、あそこに飾ってある
くす

円《まる》

0

016

インドの明恵

山あかく、川あかく、胸あかく

明恵はインドに茫然とたたずむ
　誰も釈迦を知らないとは
　　仕方がない
高山寺にでも帰ろうか
思ったとたんに目が覚めて
見るとやっぱりインドにいた

妙　　　　　　え

0

017

オウィディウスに

嵐より、詩のおちて、ことば散る
あら　　詩
と口ずさみながら
黒海の横を通りすぎようとすると
オウィディウスの滝が目にとまった
オニックス、おお　雪よ、わが炎
雪はニクス
であれば
あなたこそ超絶短詩の開祖だったのですね、オウィディウス
感謝をささげ
口ずさむ
鬼っ　　くす

0

018

プラトンの教え

哲学の、滝涸れて、アカデミア

プラトンは言った
哲学は死の稽古だと
プランクトンは稽古の間もなく死んでいく
イグアノドンは大きすぎて稽古できなかった
プルードンは貧乏では稽古できないと吼えた
ブルトンは稽古をやめて自動筆記をはじめた
　オートマトンに死の稽古は無用だった
それではとハイドンは稽古に告別の曲を書いた
それでもパイドンは師の稽古を続けたのだった

π　どん

0

019

ランボーとウンガレッティ

母音はいて、色彩の、ひびきたつ

ランボーはアフリカへと向かう船上にあった
途中　一陣の風に耳を打たれた
なぜヨーロッパを捨てるのか

ウンガレッティはヨーロッパへと向かう船上にあった
途中　一陣の風に耳を打たれた
なぜアフリカを捨てるのか

茫然自失した言葉が残った

乱　　　　　　　　　　　　　　　　ぼう

0

020

バラと消毒液

リルケよ、あなたは
バラのとげで命をなくした
消毒液を手ばなせないぼくは
バラのとげでは死ねないだろう
でもぼくも
つぎつぎと舌をくりだす饒舌な沈黙には魅せられた

蔓たれて、くれないに、はなしぶく

0

021

ヴエネツィアにて

睡蓮へ、沈む日も、燃える絵も

サン・マルコの不ぞろいなタイルにつまずきながら
プルーストは胸底に水中花をはぐくんでいた
　　いつ開くのやら
　　そんなの知らん
　　　と
　　水底から夕暮れは
モネのキャンヴァスに燃え広がり
かたわらに少女がそっとささやく
　　お日さまの
　　　ね

喪

0

022

ボローニャの神

バラの香に、おもいでの、しぶきたつ

ボローニャの会議に
バークリを語るベルクソンがいた
表象は神を透かし見せる
と

ヨーロッパ最古の大学で
ロンギの美術史講義を受けながら
パゾリーニはカラヴァッジョの絵に神をまさぐり続けた
末期《まつご》にもまさぐろうとする目に
絵の中の男がほほえむ
神はまとう
襤褸を
にや

0

023

アルノ川の夕暮れ

フィレンツェは、京都へと、夕暮れて

アルノ川に日が沈み
鴨川みたい
と
湯川秀樹の親爺どの
河畔には
ダンテが車で突っ走る
あ　ルノー
通りかかった吟遊詩人も
にがわらい

0

024

フィレンツェのキリコ

広場へと、謎のかげ、メタフィジカ

ある秋の午後
若きキリコはフィレンツェにいた
日が傾き
ダンテが撓《しな》う
どきり　　　　孤

0

025

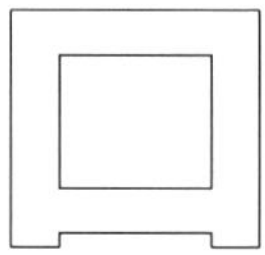

ーマのテレサ

法悦は、テレサから、テレサへと

ローマを訪れたマザー・テレサは
《聖テレサの法悦》の前をそそくさと通り過ぎた
わたしのモデルは大テレサ　あなたではありません
フランスのテレサ　小さい花のテレーズなのです
部屋に戻ったマザーはひとりきりなのを確かめるや
　大きな鏡の前で《法悦》のポーズをとった
そのままでいると鏡の奥から語りかけるものがあった
　　　　　　　　　　　　　　　　　　かわいい
照れ　　　　　　　　　　　　　　　　　　さ

0

026

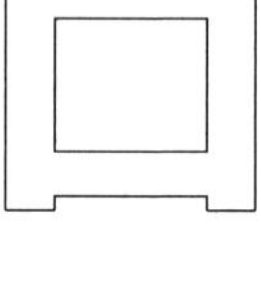

ーマの滝

天空へ、落ちきれぬ、滝いくつ

ローマは噴水の都だ
　滝が詠めない
ネプチューンに挨拶して
ボルゲーゼ公園に行った
　寝そべると
大きな滝壺が見つかった

根　ぷちゅーん

0

027

さらばローマ

永遠は、都より、海原へ

クリティロはローマから
不死の島へと旅立つところ
生みの親のグラシアンは
やがては辺ぴなところでのたれ死に
なに　それも作者の宿命さ
ぐら
思案
鎮めて
さらばローマ

0

028

宝

石宮のゴンゴラ

ことのはに、宝石の、ひびきたつ

クリティロが
不死の島にたどりつくと
ゴンゴラの滝があった
くちばしのルビー
粗暴なエメラルド
水晶の蛇
色とりどりに
語等《ごら》
ごん

0

029

山

村ボッチョーニ

蜘蛛さけぶ、おーい雲よ、空ぴかり
雲がよぶ、おーい蜘蛛よ、糸ぴくり

山村にボッチョーニをたずねた
ぼっちょ　　　　　　鬼
　　　死んだ後だった
ヤマムラーノに暮鳥をたずねた
墓地　　　　　　　　よう
　　　死んだ後だった
　　　　　　　　　途中
インドで見た滝ふたつ

030

フ
アシズム顛末記

未来派は、ドライヴの、轟音に

旗揚げを前に
マリネッティは
ちょっくらドライヴとしゃれこんだ
疾走する自動車はサモトラケのニケより美しい

と
口ずさむや
どぶの中へと転々点
ふぁ　　　　　　　　沈む
と
口ごもりながら

ファシズムは、未来派の、喪のしぶき

ムッソリーニが生皮を剝かれたとの知らせに
パウンドは
二度殺された男
と
口ずさんだ
ふぁ　　　　　　　　沈む
と
口ごもりながら

0

031

ピ

サのエズラ・パウンド

のこされた、余白へと、日かたむく

日は昇る東に
ピサの日はまっすぐは昇らない
戦犯用の幽閉所に
エズラ・パウンドはいた
文字はおどる
絵面　　　　ぱうんど

032

ブルーノの滝

トマスは見てしまった
　ノラの人
火の滝となり
ひとつの世界が
いくつもの世界にはじけるのを
ブルロブルロ
空の火と散る
『神学大全』の言葉たち

とこしえに、消せぬ火の、立ちすがた

ブルーノの滝は
ダブリンにも飛び火した
ぶる　炉
ノラの夫は
諸国より言葉をちぎっては熔かし
リヴァラン　ザ　リヴァラン
書物をめぐるひとつの川から
言葉がこぼれる

火の滝は
ぼくの不眠も照らしだす
うえい　句
ジョイスさん
今宵は二五行も書けました

0

033

バベルの図書館にて

文字たちの、つぶやきの、したたりて

北イタリアの修道院で
いつのまにやらボルヘスは
盲目の修道士ホルヘに変えられていた
笑いは神を殺す
と
図書館を焼き尽くす盲信の徒だ
ふてくされたボルヘスは
バベルの図書館にクラブ「バラの名前」を開店した
上方ことばの呼び込みがたいそう人気だ
ええ娘《こ》いまっせ
神　　　　　　　　　　　　　　　　　　　　がた

0

034

島とセバスティアヌス

首ささぐ、もののもなく、春の雪

セバスティアヌス　セバスティアヌス
時の果てから三島がささやく
セバスティアヌス　おまえのように死にたかった
みし　　　　　　　　　　　　魔
が
腹を刺したのか
イタリアにも春の
雪　　　　　　　　　　　　　お

0

035

捨てられたピカソ

遠いところを　ようこそ
とマティス
細道や花茨もありましてな
と蕪村
ふと　庭を見やれば　絵が捨ててある
怪訝な顔の蕪村に
あの画家も落書き屋になり下がりましてな
とマティス
おりしも稲光がした

ぴか　祖より、ぴか　粗へと、なりはてぬ

ピカソ落雷の滝ですな
二人は笑いころげた

0

036

米

寿のポンジュ

桃しずく、さかづきに、したたりて

グラース近郊の果樹園を
桃源郷の詩人が訪ねた
問う元気
よう
南仏の詩人もお茶目に答える
元気だよう
米寿祝いの山盛りの桃に
きょうからわしも桃の味方
シャンパンも
ぽん
寿
と
はじける

0

037

ペトラルカの叙情詩

語のリラに、ラウラなる、虹ひびく

この滝をささげたところ
　当のラウラはぷんぷん
　　ペトラルカをむちで打ちすえ
あんたのせいよ、あんたのせいよ
サドの先祖にされちゃったじゃない
　ペトラルカはちんぷんかんぷん
　　傷口なめなめ叙情詩を詠む
　　　　　　　　　　　　憂し
じょじょ

0

038

茶

道指南

お茶わんに、濃きみどり、かきたてて

ラ・コストの城館にサドはいます
遠来の客が茶を点《た》てていた
泡立つ緑を
さ、どうぞ
がぶりと干すと
作法を守れ
と、むちが飛んだ
あとずさりして主《あるじ》、いうには
サド　　　　　　　　う

0

039

心

敬とマラルメ

ありし日の、氷原に、大あくび

マラルメは湖に白鳥をたずねた
飛びたったあとだった
向こうでも大あくびする
お坊さん
温暖化には勝てませんなあ
二人は
ひえさびたるかたをもとめて
連れだつことにした

040

俳諧の国をしのんで

アマテラス、横文字の、闇にさす

日出ずる国で
はい　　　　　　　貝
と
手渡す翁《おきな》がいた
ブラングの城館を徘徊しつつ
クローデルはつぶやいた
広島と長崎に原爆が投下されたと聞いたが　…
ふと　貝にくぐもる声がした
灰　　　　　　　　く
と

0

041

勘違い

ごほゴッホ、ごほ御本、ごほごっ穂

日本国総理小泉純一郎が小千谷を通りかかると
　黄色い声が上がった
　　ジュンちゃーん
西脇順三郎はムラサキの眠りから覚め
　　　咳をした
オーヴェールの麦畑も
　黄色くざわめく

0

042

セットにて

いつのまに、テスト氏の、たきつぼに

海辺の墓地で
水平線がまなじりに湾曲する
目と言葉は反りが合わない
風が立ち
河童が出た
さあ行こか
活　　　　ぱ

0

ラヴェルを音楽は

タンタタタ、タンタタタ、タンタタタ

白鍵は波立つ
水は戯れる
若きラヴェルは叫んだ
もつれる指は溺れろ

死の床のラヴェルを
訪れるリズムがあった
いかれた脳はゆっくりと咀嚼した

タタタタタ
お　　　　　　　　　　ボレロ

0

044

ブルーのおとない

れっきとした黒帯の柔道家　イヴ・クラインは
鬱々とした思いを稽古に紛らせていた
「なぜ、柔道界から締め出されるのか」
ふと　あお向けになると
天井がブルーにそまっていた
「地中海の空だ」
ぶる　有
得心したイヴは
もはや道場には戻るまい
空間画家が誕生したのだ

かなたより、胸底に、ブルー沁む

0

045

イ

カロスの海

お日さまに、やけおちて、つばさ舞う

イカロスが墜ちたとかいう海に出かけた
どこかわからず引きかえした

0

046

コクトーの鏡

オルフェ来る、春笑う、手のひらに

日本にたちよったコクトーに
芸者の喜春は蒔絵の合わせ鏡を贈った
　コクトーよ
　あなたの美術展で
ぼくは黒い合わせ鏡を手に入れた
　鏡のシンバルが夜を打ちくだく
じゃん

黒糖

0

047

鏡像体験

滝つぼに、滝つぼの、裏のぞく

パリから地球を半めぐり
レーモン・ルーセルはタヒチの滝で
ブーローニュの森の滝をさかさに浴びた

ぼくはイグアスの滝に行き
那智の滝をさかさに浴びた
観音さまがひっくりかえると
こちらではどちらさま

0

048

フイラデルフィアの滝

一休さんはお地蔵さんにオシッコした
負けじとマルセルは美術史にオシッコした
レディメイドは記念碑だ
フィラデルフィアに行くがよい
逆オシッコが迎えてくれる

大ガラス、噴水の、ひかり浴び

0

049

茸と音楽

草かげに、耳ひそみ、しじま受く

ジョン・ケージは
マッシュルームとミュージックの
隣り合わせを生きた
茸の音楽室では
タンポポのポポのあたりもよく響く
ケージの音楽会では
ケンバンのバンのあたりも
チンモクをモクモクと奏でつづける
ピ　　　　　　　　あの
四分三三秒

0

050

万博異聞

太陽の、塔たかく、進歩うつ

太郎先生、万博の仕事をよろしく
テーマは「進歩と調和」ですので
　なに、「チンポと昭和」
おもしろい、引きうけよう
あとで気づいた太郎先生
　さきっぽを差しかえ
そしらぬ顔して振りあおぐ

血よ　　　　　うわ

0

051

美術史の娘

森村泰昌が鏡を見ると
片耳を切られていた
新潮美術文庫ゴッホの巻を開くと
自分がいた
さあ美術史への旅立ちだ

ベラスケス、レオナルド、千円札

0

052

蕉

門と笑門

日月《じつげつ》は、たきつぼに、三世紀

ハセヲは笑門をたたいた
門人が出て
師匠は蕉門をたずねて留守ですと
フジトーミは蕉門をたたいた
門人が出て
師匠は笑門をたずねて留守ですと

0

053

コーヒー道

サイフォンに、南国の、たぎりたつ
少しのバターをトーストにまんべんなく塗ることを教えてくれた人
京都の喫茶店でアルバイトしていたころ
二〇年後、別の店で黙々とコーヒーをたてていた
ここにも終わりなき道がある

054

ト

キオ・クマガイの靴

こだわりは、足もとの、オブジェへも

祇園にあったネクサスのビル
暖簾をくぐると別世界がひろがった
黒大理石に囲まれて
あなたのモードの数々が並んでいた
トキオ・クマガイ

亡きダイアナ妃も愛したという靴を
ぼくも愛した
エイズがあなたを奪ってより
一足だけは泥にまみれないまま
足をとおせないまま
残されてある

0

055

初もうで

たるの香も、あふれよと、ますの中

三が日は松尾大社
酒の神に口づける
奥の目だたぬ霊亀の滝にもおまいりして
焚き火にあたって
ニシンそばを食べる
酒の神は嫉妬深い
一度だけ
焚き火をはしょるとニシンにあたった
その後こわくて行けやしない

0

056

首切り魔

血はどこに、うけられる、首切られ

ジュンくんは逝った
サカキバラセイトは残った
世論は吼える
掻き腹せい
さ
と
もぎとられた言葉はかえらない

057

サティ庵の夢

自分の建物が造られたと聞いて
　サティは日本に出かけた
　　こわされた後だった
サティ　いあん
　と日本を後にした

サリン禍に、　サティ庵も、　ゆめと消え

0

058

星と大ナマズ

俳人の永田耕衣は
同じ歳だと知って
兜率天に足穂をたずねた
互いのことを話すうち
もっと星の句を詠め
ナマズの作がない
と言いあいになった
それではと弥勒はふたりを琵琶湖に連れていった

星で歯を、みがかんと、大ナマズ
流星も、避けて墜つ、ナマズの歯

0

059

醍醐寺仁王門にて

阿吽の間、万象の、ひびきたつ

門の裏から子供の声
くりぬかれた鉄の阿形と吽形に入っては大はしゃぎ
表の仁王さんの顔もゆがんでいた
きっと笑いをこらえているのだ
二〇世紀最後の年の芸術祭典・京のひとこま

060

単 身食

パリ、ニース、ヴェネツィア、ローマと
　ひとり旅の食のさびしさ
フィレンツェの店に親切な若者がいた
　日本語のメニュー片手に
　　世話をやいて
悲しげに見送ってくれた
そうだチップを忘れていた
　帰国して気がついた
ユーロ以前のコインを
　さがして送ろう

飛んでいけ、若者の、胸もとへ

う

舞い

061

リンゴ滝

夜が明けるたび
高さを増す滝が
わが家にはある

より高く、より深く、リンゴ滝

それはリンゴ滝
朝餉には、いつもリンゴが
皿を滝壺とこころえて
小切りにころがっている
はじめてこの滝がわが家にあらわれたのは
いつのことだったか
ひょっとして三〇年前？
リンゴの高さを一〇センチと見つもると
ああ、一〇〇〇メートル以上になるではないか
重いリンゴをはこんでくれる人
きみは世界一の滝立て師か
そういえば
食べるたび
ぼくの中の滝壺も
かさを増していく

0

062

京の方法絵画

二〇〇二年三月京都芸術センターの
大広間が
やけにざわついていた
硬貨の滝浴びる中ザワ
一、五、十、五十、百、円ちって
畳にできた方法絵画
ヒデキ上出来だ

0

063

方法芸術祭

ダンスでも、ⅠⅡⅢ、ⅡⅠⅢ

純粋詩ウォーキングだ
道ゆく人たちはきょろきょろキョトン
倉庫では
方法カクテル、方法料理のふるまいだ
昨夜の飲みすぎが悔やまれた
方法芸術祭の一日

0

064

方法マシン

マツノシゲヤンがツルノサッチャンとやってきた
景気はどうえ？
さっぱり
との答えに
ここはひとつ元気づけにと方法詩の滝をプレゼント
方法詩、ほう　胞子、穂　うほう　詩
滝に見とれてふと
横向くと誰もいず
書き置きひとつ
方法マシンの公演に駆けつけまーす
とだけ

0

065

日

空寺

さくら舞い、さくさくと、そらに満つ

佐倉密は日空寺の住職だ
　　そこでは阿字観も
あ　　　　　　　時間
への入り口でしかない

0

066

足

穂の墓

足穂訪《と》うて、星たちの、ふうわりと

飲みすぎたら　あかんで

と

樽　ほ

註

01　電影

＊一身独り生歿す／電影是れ無常なり／…／遮那《しゃな》阿誰《たれ》が号《な》ぞ／本是れ我が心王なり（空海）

17　オウィディウスに

＊おお、雪よ、わたしの炎　O, nix, flamma mea（オウィディウス）

27　さらばローマ

＊クリティロは、グラシアンの小説『クリティコン』の主人公。

41　勘違い

＊おばあさんはせきをした／ゴッホ（西脇順三郎）

49　茸と音楽

＊たんぽぽのぽぽのあたりが火事ですよ（坪内稔典）

52　蕉門と笑門

＊フジトーミ＝藤富保男、詩集に『笑門』あり。

56　首切り魔

＊ジュンくん＝土師淳

63　方法芸術祭

＊第二回方法芸術祭、二〇〇二年、阿佐ヶ谷ギャラリー倉庫にて

64　方法マシン

＊マツノシゲヤン＝松井茂
＊ツルノサッチャン＝鶴見幸代（作曲家・方法マシン代表）

65　日空寺

＊佐倉密＝外詩作家

方法詩『空うみのあいだ』マニュアル——あとがきに代えて

久しぶりに、長めの詩篇を集めてみました。けっこう短いのもあるじゃないかと、いわれるかもしれませんが、これでも、ぼくの詩としては長いのです。例によって、方法詩としての規則を、つぎにしるします。

一　各詩篇に少なくともひとつ、まぶさび詩（五・五・五の計十五文字からなる滝見立ての詩）を入れる。

二　まぶさび詩の行だけ上に寄せ、それ以外の行は下に寄せる。

この詩集では、さらに、見開き二頁に各詩篇を置き、右頁の右寄りにタイトルを、左頁の左寄りに作品を配するという、構成にしてみました。各詩篇に、それぞれ少なくとも三つの滝見立てを組みこみたかったのです。

既発表詩篇の初出時データも、しるしておきます。担当編集者の方にはお世話になりました。

「乙訓寺の蕪村」「プラトンの教え」「ローマの滝」「イカロスの海」「コクトーの鏡」「フィラデルフィアの滝」「サティ庵の夢」「足穂の墓」「現代詩手帖」二〇〇六年三月号

「ブルーノの滝」「文學界」二〇〇六年十一月号

「リンゴ滝」「詩歌句年鑑08」北溟社

まぶさび庵　篠原資明

空《そら》うみのあいだ

著者　篠原資明《しのはらもとあき》
発行者　小田久郎
発行所　株式会社思潮社
〒一六二―〇八四二　東京都新宿区市谷砂土原町三―十五
電話〇三（三二六七）八一五三（営業）・八一四一（編集）
FAX〇三（三二六七）八一四二
印刷　三報社印刷株式会社
発行日　二〇〇九年十月二十五日